지루한 세상에
불타는 구두를 던져라

신현림

지루한 세상에
불타는 구두를 던져라

신현림

사과
꽃

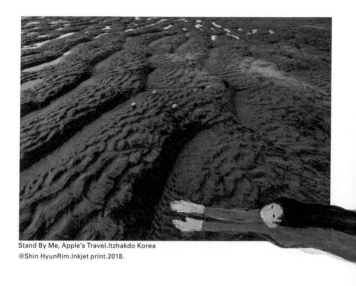

Stand By Me, Apple's Travel.Itzhakdo Korea
@Shin HyunRim.Inkjet print.2018.

自序 복간본

더없이 암담하고, 불가해하고 불안한 시절
아무것도 가질 수 없고,
가진 것이 없다고 생각했다.
아무 것도 가진 것이 없어 가장 많은 것을
이룰 수 있음을 이제는 안다.

참으로 오랜만에 돌아온 나의 첫 시집.
마음고생이 큰 만큼
24년 만의 재발간이 너무나 기쁘다.
10년 전에 준비한 영역은 영역본에 놓아두었다.
정성과 사랑이 깊으면 영혼이 깃들고
신께 가닿는 걸 느끼곤 한다. 부드럽고
선한 믿음 속에서 정든 이들과 춥고 외로운
모든 이들이 따스하길 기도한다.
BTS에 열광하는 딸과 함께 나도 다시
열혈전사가 되는 시간, 삶이란 축제가 고맙다.

사라지는 날까지 겸허히 늘 배우고
새롭게 깨달으려는 자 늙지 않을 것이다.
시를 사랑하는 자,
영혼이 늘 젊고 아름다울 것이다.

2018. 10

自序 초판본

예술이라는 불빛에 홀려 다른 그리운 것들을 손놓고
이십대를 보냈다. 그동안 쓴 시를 모아
겨우 시집 한 채를 장만한다.
삼십이년의 무게가 슬프다.
늘 다시 살게 해 준 실패와 좌절君
그리고 하느님께 감사드린다.
상처가 깊고 추운 영혼들에게 이 시집을 바친다

언제나 홀로 가지만
강과 해와 나무, 애인들과 함께 가고 있었다.

1994.6

차례

3부 에미 왕릉

4부 외로움의 마약, 외로움의 섹스

5부 안개 장롱

6부 철로변의 가을

7부 위험해서 찬란한 시간들을

1부

지루한 세상에
불타는 구두를 던져라

내 혀의 타올로

당신의 눈은 얼굴은
슬픔의 피빠는 노을
눈보라치는 정거장이야
당신을 삶는 상처의 휘발유
내 혀의 타올로 닦아줄게
나도 함께 흐느낄게

지루한 세상에 불타는 구두를 던져라

THROW YOUR BURNING SHOES INTO THE BORING WORLD,
Shin HyunRim collage, c-print, 1992

1

불타는 구두, 그 열정을 던져라
지루한 몸은 후회의 쓸개즙을 토하고
나날은 잉어 떼가 춤추는 강을 부르고
세상을 더럽히는 차들이 구름이 되도록
드럼을 쳐라 슬픈 드럼을 쳐라

여자인 것이 싫은 오늘, 부엌과
립스틱과 우아한 옷이 귀찮고 몸도 귀찮았다
사랑이 텅 빈 추억의 골방은 비에 젖는다
비 오고 허기지면 푸근할 내 사내 체온 속으로

가뭇없이 꺼지고 싶다는 공상뿐인 내가 싫다
충치 같은 먼 사내는 그만 빼버리죠 아프니까요
당신도 남자인 사실이 고달프다구요
인간인 것이 참 힘든 오늘 함께 산짐승이나 되어
해지는 벌판을 누비면 좋겠지만
인간이라는 입장권을 가졌으니 지루한 제복을 넘어
닫힌 책 같은 도시와 사람 사이에서
그 모든 것 사이에서
응시하고 고뇌하고 꿈꾸며 전투적으로 치열하렵니다

        2
저는 고요히 불타는 구두를 신은 여자가 좋습니다
실존의 화면을 꽉 채우는 여자 뭔가 대륙적인 여자
전혜린, 바흐만, 섹스턴, 베아트리체 달, 아자니, 『적
그리고 사랑 이야기』의 레나 올린, 제니스 조플린,
프리다칼로, 그리고 익명의 불타버린 여자…
묘지로 가기 전의 흐뭇한 식사죠 대리만족의 기쁨
덧없을지라도 각성을 줍니다
그들의 마력은 빙판서 자란 초목같지요

그들의 운명 그들의 영화는 왜 비극으로 끝나나요
당신은 인생께 뭘 기대하나요
지구폭탄을 위해 뭘 하시나요
제가 그리운 분 손들어보세요
파리채만 손드는군요

당당하고 기품 있는 신한국여성으로 떠나기 전에
한계령을 따라 부릅니다 파스처럼 쑤시는
브레지어를 벗고 빈 몸뚱이 저를 그립니다
자유로운 영혼과의 상봉이 그리우니까요
그래도 지겹게 믿고 희망하는 것은 무얼까요

〈사랑은 죽음과 하나〉를 씁니다
사랑하는 사람들과 함께 살아 있을 때 비로소
나도 존재합니다 그것은 빨간 바위에서
뛰어내리고 싶은 깊고 맹목적인 충동이겠죠
내가 너의 뺨을 만지면 나를 살게 하는 힘
서로를 잃지 않으려고 깨어있게 하는 힘
그래, 잃는다는 것은 죽음만큼 견디기 힘든 것
삶은 지겹고 홀로 괴롭고 잃는다는 것을 견디는 일

못견디는 자, 진흙과 흰 꽃을 먹으며 바다로 걸어가고
남은 자는
그가 남긴 가장 정겹고 슬픈 그림자를 안고
한없이 무너지는 바닷가를 배회하며 흘러갑니다

불타는 구두가 싸늘한 눈보라가 되도록

검은 구두 한 켤레

당신은 무어냐고 누가 묻는다면
나의 존재를 희망의 포로라 말하겠다
일과 사랑을 찾아다니는 구두였다고

구두 속에서 발은 여름 해같이 불타오른다
구두 속에서 삶은 언제나 실감나는 사건
구두는 전조등 불빛처럼 욕망을 비추고
내가 되고 싶은 사람에게
내가 가고 싶은 곳으로 외출시켰다
외출은 번번이 세끼 밥을 안고 오는 일로 끝나거나
길어놓은 바닷물을 엎지르는 헛수고
불안은 구두를 자꾸 절벽으로 몰아갔다

사소한 감정에서도 자유롭지 못한
발의 진통, 발의 발작, 발의 광기
날로 거칠어지는 내 발은 뒤틀린 기형이고
구두는 까맣게 타버린 빵임을 깨달았다

나는 살지 않았다고 할 수도 있다
〈살고 싶다!〉는 간절한 바람이고 한낱 낙서일 뿐

그러나 모두 슬픔이 없는 상실에 이르길 원하면서
죽은 풀조차 손에 뿌리 뻗어 자라길 얼마나 소원했는가

발은 수술대 위에 놓여있다 뒤틀린 뼈는 버려지고
추억의 불가사리처럼 피로감처럼
내 발에 다시 악착 같이 달라붙은 구두
지상을 더없이 사랑하게 만드는 구두
지상을 떠날 때 해를 향해 날아갈 구두
잔인하도록 아름다운
내 희망 한 켤레!

Inspired by Armand Fernandes
Long Term Parking, 長期駐車場. 1982

백제탑 가는 길

사무치는 일도 없이 시간만 흘러 시간의 뜨물만 마셔
이 푸른 저녁을 뜯어먹으며 모두 어디로 가나
나는 왜 부여로 가나 털로 된 타이어처럼
차바퀴는 구르지 않아 어디를 가든 자동차 곡창지대
화환 가득한 영안실처럼 도로는
아름다운 관짝들로 잠겨간다
어디를 가든 딱딱해진 빵 냄새 화석냄새
숨 막히게 머리는 바늘집이다
허기진 내 혼의 성지, 백제를 보고 싶다
육탈된 설움의 뼈가 빛나는 정림사지석탑
썰렁해도 정돈된 방의 아늑한 방 같은 백제탑이
세월의 흰 뱀을 휘감듯, 무섭게 갈대가 울 듯,
무섭게 해를 삼킨 나무 아아, 무섭게 나무냄새가 타오르는
백제탑을 보면 내가 누구인지 알 것 같아
진흙의 달을 잃어버린 사람, 자기를 잃어버린 사랑
알 수 없다 빠져나갈 수 없다 아직도 서울을
하늘까지 밀리고 밀리는 자동차 유골을
시간의 핏줄만 찢어 결국 우리를 죽이고 마는

함몰하는 저녁에

갑자기 우리는 미친 듯이
어설프게, 부끄럼도 없이
고민에 빠져서 서로를 사랑하고 있었다
나보코프의 이 말을 나는 좋아한다
폐선처럼 흔들려도 너를 좋아한다
피 묻은 가운을 걸친 채
작업장에서 돌아와 너는 나를 원한다
날아가버린 새들을 부르면서
저녁 창가에서
그래, 서로에게 흘러가는 거다
우리가 할 수 있는 일이
이것뿐인 듯이 미친 듯이
서로의 몸 속에 긴 굴을 파는 거다

밖은 언제나 싸늘한 수술실이다
세월의 침대 위에서
너와 나는 무용한 메스였고
세상의 불길한 짐인지도 모른다
너를 거절한 희망이 내 목을 조른다
세상은 우리를 초대 안했는지도 모른다

괴롭지만 내일 또한 밖을 향해 기어가기 위하여
나의 억압, 너의 제복을 찢고
저 차가운 노을 끄고
너는 온몸 밀고 달린다
눈물의 앰뷸런스가 달린다
그 무엇도 두렵지 않은 밀실로
너와 내가 죽어
처참히 살아나는
쓸쓸한 묘혈 속을 달린다

이별의 영상

무참히 나를 짓밟고 흘러가라
  오래된 토마토를 밟고 가듯이
 나의 나약한 마음은 개의치 말고
 네가 타고 온 철로를 따라가라

  어느 한 때 오래도록 우린 만났고
  따뜻한 식사의 영상을 가졌다
  검은 대지가 밝아지는 것을 보며
 그것은 하염없이 낡고 빈손을 위로했다

  어느 한 시절 희희낙락해
  식탁의 촛불은 벽장 속으로 걸어가고
가을구두를 신고 떠나는 너는 나를 잊는다 잃어버린다
  잃을 테면 잊어라 내 목을 치고 니저라

  눈물은 촛농처럼 뜨거워지고
  피흘리며 나는 밤하늘에 쓰러져 눕는다
  네 길을 가라 가서 기어이 우뚝 서라
 찔러라 이별의 하이힐아 부디 나를 찢어가라

어두워지는 대합실
- R을 위해

긴 통화를 하고 싶었다 느티나무보다
너그러운 너의 냄새에 취하고 싶었고
너라는 간이역에서 편안히 쉬고 싶었다
먼 거리 그 캄캄한 안개덤불에 휘감겨
정작 하고 싶은 말은 피가래처럼 버려졌다

네가 나 없이도 행복할 것이 두렵다
너라는 정겨운 그늘을 잃는다는 것이 정말 무섭다
빛나는 네가 존재한다는 것은 얼마나 감사한 일인지
고운 심성은 화원 같아서 얼마나 기뻤는지 모른다

빵 같은 목소리로 보고 싶다는 말 한마디로
스티로폼처럼 가벼운 그날을 견딜 수 있었다
비새는 네 가슴에 내가 지붕이 되고 스팀이 되기를
위안의 해변을 모시고 다니길 바랐다

오늘은 너와 내가 끝내 헤어지는 날
너와 함께 있고 싶은 갈망은 퇴장할 것이며
나 없이도 네 영혼은 풍년이 들 것이며 언제나
축복무쌍할 것이다 꼭 그래야 할 것이다

썰렁한 몸은 절망의 철책에 갇혔다
절망의 희망봉은 어디쯤이냐
가망 있는 미래는 어떤 풍광이냐
그런 미래가 내게 있기는 있는 것이냐
어두워지는 나의 대합실은 심란하게 떠내려간다

그레타 가르보가

막간다 세월
막무가내다 죽음의 진공청소기
청소기 속으로 해진
청춘의 신발들이 휘말려간다
열망의 시선들이
몸부림치며 그레타 가르보가
백발을 푸른 독침을 토하며
간다 묵묵히
싸늘히
천 · 천 · 히
고독에 마취된 채

그림의 바다

파아란 밤의 자석으로
빨려 가는
기차소리가 희다
소리의 흰 융단 끝에서
가물거리는 여자
푸른 누드*의
추억 속의 그녀가 온다
재회의 모든 문들이 열리고
커튼을 흔들며 바람은 운다
튤립은 촛불을 켜고
바구니는 귤들을 쏟아내고
소파의 허리는 물결친다
식지 않는 커피는
은색 스푼의 잠을 깨운다
모올래, 시계바늘을 감추던
파헬벨의 「캐논」, 리듬의
긴 머리칼을 나부끼며
술잔의 포도주를 젓는다
상처의 벽을 뎁힌다
달력의 날짜들은 지운다

드디어, 그녀의
발자국 소리는 멈추고
모든 문들이 닫힌다
그녀는 끝없이 나를
휘감아도는 뜨거운 광채
무한히 울리는 광채로
오오랜 날들의 기다림은
옛날의 사랑을 펼치고
열병 든 시간의 방은 웃는다
내 손을 끌고
그녀는 바다로 들어간다
추억 속의 그림들이 춤추는
바다 행복이 흐르고 흐르는

Inspired by Blue Nude:
Matisse's "Blue Nude with Green Legs"

나를 찾은 나

우리는 탐구하지 않을 때 시간을 잃어버린다
밭 갈고 씨 뿌리는 농부의 손길을 배우지 않을 때
내 안에 깊이 생각하는 얼굴이 없을 때
시간을 잃어버린다
우리가 저 강물 저 나무그늘에게 고마워할 때
세월의 무덤에 환한 창문을 보리라
더 이상 시간을 놓치진 않으리라
강렬한 오늘을 살기 위해 나는 사랑 하련다
내 가족과 벗들을, 겨울이 오는 도시를
내게 주어진 상황과 고달픔을
서럽게 죽고 사는 모든 것을 안으련다

숨 막히는 해저 같은 생활로부터
반복되는 지겨움으로부터 나는 떠나야지
깨우침의 상쾌한 충격 속으로
책 속으로 글자의 정글 속으로
호기심 많은 여행객이 되어
의혹하고 탐구 하련다 이것이 나의 운명이므로
나 자신과 휘청대는 세계를 책임져야 하므로

그러나 어떡하나 책만 잡으면 졸렵고
음악과 친구들에게 가고 싶고
멋진 옷을 입고 거리를 쏘다니는 얄궂은 마음
만화나 비디오, 잡지를 찾는 패씸한 마음 어떡할까
그러나 나는 독하게 참을성 있게
스핑크스처럼 의젓하게 주저앉아 끝없이 탐구하련다
고단한 발길이 나를 찾아 떠나는
빛나는 순례의 길이었음을 깨달으리라
아 아 나는 다짐하련다
공부하는 습관에 묶인 어여쁜 죄수가 되리라고
아름다운 세상을 향한 창문을
기꺼이 내 것으로 만들리라고

노란 꽃을 드릴게

아귀다툼의 바닷물을
오래 끌고 다니면
어둠은 하얘지기도 했어
철로 위엔 노란 꽃도 피어났어
무덤들은 흙을 풀어헤쳐 쉬기도 했구

물결치는 관위에
호수를 띄우기라도 하면
웃음의 향기가 메아리쳤어
철로 위의 꽃도 손에 와 앉았어
손가락 새로는 세상의 눈물도 보이구

푸른 빵에 주린 몽유병으로
강물을 오르면 넘어지기도 하겠지
이 큰 눈에 가득 담겨오는
헐벗어서 더욱 아름다운 사람을
만나면 노란 꽃을 드릴게

2부

우울한 스타킹

* Inspired by Rene Magritte bottle woman, 1962.
private collection

bottle woman[*]

나도 내 몸에 꼭 맞는 유치장을 갖고 있다
붉은 병을
프로이드 식으로 남성의 상징이라 하지 마시길
제발 성욕도 잡숩지 마시길
어떻게 내가 여자만인가
당신의 곧고 환한 마음을 들여다보는
등잔이면 안되는가
이 눈, 이 얼굴, 이 가슴의 트럼펫
제대로 되먹은 인간이고 싶은 고뇌를 불고 있다
수 세대에 걸쳐 이브와 아담의 칼을 쓰고 있다
인간은 인간이란 기호는
엽총에 장전된 총탄,
당신이 건드리기만 하면 순식간에 날아 가버린다
후후
당신은 여지껏 환상을 보고 있었다
어쩌면 生과 死는 없다

홀연히 사라질 나는
공중에 불타는 구름막대기

세상을 빠져나가기에 가장 행복한 때

나는 어떻게 될까
내년이면 내후년 십년 후면⋯ 살아있을까
결혼과 아이라는 참호속에 기쁘게 처박혔을까
우주의 그 단순한 요구를 따르기엔
그것이 진정 희망이 되기엔
미래가 너무 암담하다 빙벽의 의식은 깨지지 않고
휴식도 혁명도 없이 나날의 영구차에 실려
나의 나, 나의 당신은 붕괴되고 있다
우리가 기댄 의자가 썩어가고
동판처럼 빛나던 당신 얼굴이 두려움으로 부식되고 있다
영화 「그날 이후」처럼 종말이 오기도 전에
걷잡을 수 없는 종말감에 감염되고
잔혹한 희망은 우리의 피를 비워버린다

우리는 죽음의 사창가를 떠돌다 길목을 지켜선
니힐리스트와 혼음을 하며 지하의 방에 감금된다
전신마취를 하듯 혈관 속으로 먹구름이 몰려온다
어디에도 나는 없고 나의 당신은 머물지 못한다
세태를 탓하지 않고 생활의 조건을 불평하지 않으며
이제 아무도 아무것도 기다리지 않으리라

당신은 텅빈 복도처럼 울리던 진리의 발소리와
불가해한 인생에 대해 묻지 않는다
다만 어떤 전류나 자석을 알기를 원한다
세기말의 애절한 빗발에 대한 애착을 멈추지 못한다
모든 눈물과 고통이 묻혀버릴 사막이 나의 구원이다
당신에게 나는 환상이고 모래무덤의 상징이다
당신은 나를 이해할 수 없다
누가 누구를 이해할 수 있는가
나의 당신, 나의 나를 끊어라 어떤 자본도 못되는
무용한 팔과 다리는 바람되어 흘러가리니

바다의 수술실을 떠나는 기차표가 밥보다 고마운 때다
아무 것도 가질 수 없고 가진 것이 없다
세상을 빠져나가기에 가장 행복한 때다

우울한 스타킹

진흙눈이라도 퍼부울 듯이 하늘이 우울하다
유언장처럼 십이월은 우울하다
매년, 일년은 사서 금방 올이 나가는 스타킹이다
스타킹 끝을 잡은 당신은 쓸쓸해서
살바도르 달리의 시계처럼 흐물흐물해질 것 같다

우울증에 걸린 사람들이
탄광의 석탄처럼 쏟아져 나온다
뭐 하나라도 움켜쥔 자의 저쪽,
으스대는 망년회 촛불은 몽둥이만 같구나
빈 손을 내저으며 구원을 부르짖지만
여태 난 뭘 했나?
대체 당신은 그렇게 살아도 되나?
무력감을 잊도록 위로하는 건 제대로 없다
흑맥주를 마시며 떠들어 대봤자,
전화질을 해봤자
공허감의 톱날은 가슴을 자르며 지나갈 것이다

잘 열리지도 않는 문을 계속 두드리는 사람들
소멸로 운반하는 전지전능한 절망감을 넘어

나의 당신, 돌고래처럼 튀어올라라
나의 당신, 가득 핀 동백꽃처럼 용수철처럼
당신을 위로하는 내 눈이 글썽거리는구나
연말이 위독하구나

죽음의 유혹

서른 번의 새벽
서른 번의 일몰이 무섭다
서른 번의 너의 유혹이 무겁고
숨어든 욕망의 뱀인 네가 슬프다

비밀한 너의 발길, 너의 입김이
왜 괴로운 격정의 밤으로 쏟아지는지
왜 너는 술잔과 유행가에 어김없이 머무는지
내겐 월급이 조의금처럼 가슴이 저리는지
알고 싶다
왜 친한 사람들 속에서 자주 외롭고
믿었던 빛이 목발을 짚고 오는지
자랑이나 칭찬, 애정의 맹세가
무너진 방공호 같은지
왜 애인들에게 손은 제대로 가닿지 않고
더 이상 살아도 기쁨이 없을 것만 같은지
희망으로 위장된 나의 절망이
해질녘이면 더욱 견딜 수 없는지
왜 우울과 불안의 발작은 계속되는지
그것이 너 때문인지 아닌지 알고 싶다

정말 나는 살아 있는 것인지

너를 뛰어넘고 싶다
서른 번의 새벽
서른 번의 일몰이 무서워
서른 번의 유혹이 무거워
너를 뛰어넘고 싶다
언젠가 네가 흘러와
허망한 내 몸에 불 지를

검고 검은 물아

호소의 표리 表裏

금연방송을 비웃는 듯
내 앞의 사내가 계속 담배를 피웠다
담배연기는 얼어가는 파도처럼
머리를 휘감아 죄었다 문득 담배를
그의 위법의 법을 숨통을 비벼끄고 싶었다
신도림 역을 떠날 때였다
하모니카 부는 장님이 오고 있었다
껌팔이 소녀가 구호상자 든 노인이
허기진손들이 장례식의 화환처럼 몰려왔다
내 것과 다른 가난을 사는 그들이 낯설었다
아무도 그들의 가난에 관심갖지 않았다
궁핍의 냄새가 지겨웠다 화가 치밀었다
외면하는 승객이 그 무감각이 견딜 수 없었다
담배연기가 춤추었다 홍학처럼 성욕처럼 날뛰었다
돈과 법보다 강해 뵈는 저 사내를 찢어발기고
왜들 그렇게 못 사느냐고
더 크게 구원을 요청하라고
돈의 붕대로 굶주린 목들을 조르고 싶었다
아, 선량한 표정안에 무서운 생각이 우글대는
내 죄의 사막을 뒤집어엎고

살의의 급소를 뜯어내고 싶었다
팔이 무거웠다 지렁이 같은 손가락이 몹시 뒤틀렸다
살 껍질도 돈이 되면 벗고 싶었다 모조리 털어줬다
내 돈을〈내 돈이라니! 세상에 내 꺼가 어딨나〉

준다는 행위도 결국 자신을 위한 것
인생의 부담과 책임을 덜기 위해서
이 심정을 스스로에게 호소함으로써
내 의식의 지뢰밭은 잠시 홑이불이 되었다

사내는 담배로 장님은 하모니카로… 나는 펜으로
그렇게 삶은 구원의 귓구멍에 대고
고통의 나발을 부는 것일까

지금 필요한 것

집과 애인, 태양을 비축하지 못한 나는
모든 걸 놓친 것은 아닌가 왠지 억울하고
잘못 살았다는 생각이 들면 당신은 어찌 이기는가
자신이 왜 여기에 있는지 묻지 않고
나이로 강박의 그늘을 넓히지 않고
완벽한 생을 요구하지 않고 다만 묵묵히
두더지처럼 깊이로 사는 당신의 얘기를 듣고 싶다.

당신의 손에서 목수의 손을 본다
나무와 톱 망치와 못을 다스리는 손
사려 깊은 손, 뭐든 일으켜 세우는 손, 그 진지함을

살기 위해서 매일 죽는 자들을 만나고 돌아오는
퇴근길에 건전지와 장미 한 다발을 사들며 뇌까린다.
〈아! 기분을 바꿔야해.〉
제니스 조플린 노래 따라 어깨춤을 추며 나는 기다린다
당신의 과묵한 열기와
저 노래의 마력이 내게 전염되기를
맹목적인 생의 열정이 무섭게 타오르길
다시, 다시, 그리고 매번 다시,

겨울 정거장

겨울은 외투주머니에서 울고
추운 손들은 난로 같은 사람을 찾는다
오후의 저무는 해 아래 모두
깡마른 기타처럼 만지면 날카롭게 울부짖을 듯하다
싸구려 운동화처럼 세월이 날아가는데
생활은 변한 게 없고 아무도 날 애타게 부르지 않고
특별한 기억도 없다 어리석은 열망으로 뭉친
얼음덩이처럼 서로 가까워지는 일은 불가능한 듯
침묵의 물살에 떠밀려가는 것이 강물빛이 변하고
벌써 늙어간다는 것이,
어두워지는 창공에 흰 백지장이 나부낀다
내 장갑을 누군가에게 벗어줄 기쁜 위안이 그립다

희망의 작은 손전등을 들어
내게 오는 자를 위해 길을 비춘다
나는 즐거운 타인이 있으므로 살아가고
삶은 그들에게 벗어나려 할 때조차
그들에게 속하려는 끝없는 노력이므로
감미로운 고통에 싸여 길은 비춘다

3부

에미 왕릉

원제 '아들 자랑'

딸 자랑

백년 전의 조선엔
아들 낳는 여인이 유방을 내보이는
특이한 풍속이 있었다
무명 치마저고리 사이에
여인의 유방이 두 개의 노을처럼 달렸지
여인의 유방은 혁명의 깃발처럼 펄럭이고
여인의 유방에서 위풍당당한 행진곡이 흘러나오고
사방팔방 강가에 조선의 모유가 흘러넘치지

백년, 다시 백년 후의 조국엔
딸을 낳은 여인도 유방을 드러내놓고
남태평양처럼 화통방통하게 웃는
마땅한 일상사가 이어지것다
허허벌판에서 두 개의 우주를 털렁이며
어화어화 내 사랑
어화둥둥 내 딸년
그 딸년들을 위해 인디언 추장처럼 춤추는
나, 신현림과 내 딸의 딸들이 있을 것이다
하하하하……

에미 왕릉

〈어머니는 위대하다
지상의 에미들은 生의 경전이다〉

이렇게 외치자, 해지는 벌판에서
언덕만한 왕릉이 불쑥, 솟아올랐다
땅 속 오랜 항해로부터 떠오른 섬
세상의 에미란 에미 죽어 비로소
이 왕릉을 입고 바다로 흘러간다
집안일로부터 돈의 족쇄로부터
사랑과 의무로부터 자유한 몸만 싣고
에미왕릉은 천둥처럼 무겁게 가을을 운다

무엇이 한스럽고 그리웠길래 저리 흉가가 되었는가
왕릉 곳곳에 뚫린 구멍으로부터
잊혀진 여인들의 냄새는 지독하다
여인에겐 감추는 것이 미덕인 세상에서
고단한 숨구멍마다 자식들은 들꽃을 꽂으며 위로했겠지
남아도는 성욕과 식욕에 남몰래 날뛰다
몸에 숭숭 뚫린 구멍을, 그 습습한 골짜기를
살아서는 빨래감으로도 틀어막아야 했겠지

차마 가리지 못한 깊고 슬픈 에미의 골짜기엔
뜨거운 달 한 덩이씩 밀어넣고 통근하는 지아비들

완강한 인습의 쇠그물 속에서 에미의 심장들은 펄떡인다

〈세상은 여지없이 예나 지금이나 에비의 세계였다
 에비가 살기좋은 천년 만년의 황야였다〉

이렇게 다시 외치자
왕릉 구멍마다 물이 콸콸 쏟아졌다
물은 내 외침을 덮치면서 서해바다까지
바다 끝까지 흐르면서
추운 아비들의 이불이 되어주었다

지상의 에미란 에미 죽어서도 따스한 물이었다

그러나 아이를 낳고 싶거든*

그러나 나는 아이를 갖고 싶거든
그러나 나는 은어처럼 예쁜 아이를 낳아
바하의 토카타와 푸가를 들려주고 싶거든
공허해진 배를 쓰다듬으며
포도원의 언어를 가르쳐주고 싶거든
아가야 깍꿍. 왠지모를 이 불안을 기뻐하지 않을래?
아가야 깍꿍. 바깥은 쓰레기 폭탄 창고란다
바깥은 분노한 흑인이 폭동중이고
핵무기 실험장이란다
눈뜨고 두 번 볼 수 없는 영화,
아주 아름답고 쓰라린 풍경이지
그런 바깥은 남자들의 구역이 많아서란다
너의 외출에 목숨 걸 날이 많을 거란다

아가야 울지마라 울지마
별 볼 일 없는 에미지만
네 공포의 바리케이트는 될 수 있단다
평생 보초설 수 있어 물론 잠을 설치겠지
책 읽고 시 쓸 시간은 숙청되겠지 빨래는 더 늘고
너로 인해 신경의 아카시아나무는 하늘로 뻗치겠지

너로 인해 돈에 목 매달고 주유소가 된다
24시 체인점이 된다 되고 만다
너는 나의 사랑스런 약탈자
에미의 죽음, 에미의 찬란한 거울
우리 사랑은 죽음에서 시작했으니
죽음에서 완성해야 한다는 것을 알겠니?
그래서 너와 함께 오래 살고 싶은 거란다
그래서 너와 함께 새롭게 출발하는 거란다
그래서 너를 위해 죽을 수도 있는 거란다

공허해진 배를 쓰다듬으며

---

* 원제 '아이란 여자의 죽음'

활짝 핀 살코기의 공허함을 아세요?

결혼해서 애를 낳아봐야 인생을 안다구요?
당신은 인생 좀 아세요?
고독과 슬픔의 최전방지대를 지나가보셨나요?
활짝 핀 살코기의 공허함을 아세요?
그래요. 남편과 아이는 잘하면 피난처고 든든한 보험이죠
저라고 남편이란 해시계가 그립지 않겠어요
그래요. 저도 상상임신을 하지요
그럴 때면 아랫배에서 사이렌이 무섭게 울려요
종잡을 수 없는 인생이기에 불안하고 두렵군요
그래요. 끓인 밥마다 후회의 누룽지가 엉겨붙구요
그래요. 흰 장갑 낀 손들이 저를 따라다녀요
철컥, 치욕의 수갑이 제 손을 채웠어요
철컥, 치욕의 수갑이 제 목을 졸라요
욕망의 갈코리도 철컥, 철컥, 철컥,
철컥, 이 괴로운 살코기를 석방시켜 주시든지
오래 기댈 수 있게 당신 어깨를 빌려주시든지
제 눈은 또 오염된 바다예요
원 이래서야 세상 깨끗해지겠습니까 쓰레기만 불리고
인생께 미안한 마음 뿐입니다 죄송하지만
샌드페이퍼 같은 당신 혀로 제 눈깔 핥아주시고

물고기며 해초며 어선 한 척 띄워
살벌하게라도 웃게 해주세요
애국가가 울려퍼지면
한 번만이라도 크게 울게 두 눈을 쑤셔주세요
제 몸에 뿌리박힌 절망한 자들을 뽑아 잠재우고
죄란 죄 면죄부로 가려주시고
악몽과 불면의 고문실을 폐쇄시켜 주세요
아니면 낙동강에 저를 던지세요
가져가세요 절 좀 가져가세요 제발!

어머니가 쓰라린 나를 안아주셨다

청청한 강물에 나를 비추어도
얼굴이 보이지 않아 강 속으로 들어갔다
검게 이끼 낀 내 얼굴 찾아 헤매다
강바닥에 쓰러진 어머니를 보았다

수십년
노을 같은 밥을 짓느라 눈앞이 캄캄해진 어머니
백내장 수술로도 세상이 보이지 않아
강바닥을 방바닥으로 알고 오신 어머니
쓰라린 어머니가 나를 안아주셨다

딸아, 네 얼굴이 쓸쓸해서 빵처럼 덥혀놓았단다
딸아, 네 얼굴이 이제 햇빛 날리는 은쟁반이구나
— 뜨거운 어머니 가슴이 제 얼굴이에요

기차 소리 나는 강물 위로 어머니 그림자 내 그림자
하얀 열무꽃처럼 떠올라 둥둥 떠올라
꽃가루 흐르는 오월의 강물 위로

나는 물고기가 될테야

백 년을 산 기분이다
백 년간 떠들며 똑같은 사람인 것은
지겹고 싫은 일이지 더 늙기 전에
떠오르는 해를 가진 물고기가 될테야
하루만이라도 물고기 시선으로 세상을 보고
내가 사람인 근거를 생각해야지
물고기는 말없이 느낌으로 사는 법을 안다
몸은 자석처럼 거친 파도를 휘감고
동해바다에서 태평양까지 지중해까지 날아가야지
바다가 맘껏 통곡하는 노래를 듣고,

바다는 엄청 큰 가야금이다
— 둥기당당 두둥기당당 —
젖은 가야금 소리
어머니 긴 머리칼처럼 진하고 따스해라
바다란 말처럼 부드러워라 아아 아파라

바다는 죽은 사람들이 모여사는 집
죽어서 노을지는 조상들, 친구들
무슨 생각하며 어찌 사나 이 세월들 어찌 견디나

어찌 바다는 깊어 푸르를까
얼마나 산 사람이 그리웠으면 푸르를까
— 둥기당당 두둥기당당 —
푸른 색을 〈정든 마음들〉이라 불러본다
그 마음 느낄 수 있어 나도 사람인 거다

내 온몸 소름돋는 비늘 바다 그림자가 얼룩져간다
보이지 않는 것이, 보고 싶어도
볼 수 없는 것의 서러운 그림자가

내 여인이 당신을 생각한다

저녁 태양은 빵같이 부풀고
언덕은 아코디언처럼 흘러내립니다
거리에 북풍이 넘치도록 그녀는 당신을 생각합니다
우연히 만난 길과
알 수 없는 희망에 들뜬 날들을
소리가 아픈 풍금이 북풍따라 노래하고
당신에게 나던 사막의 붉은 냄새가 몰려옵니다
잠시 바라보기 위해 오랜 시간을 기다렸나요
그냥 앞에 계시는 것만으로 기쁨에 넘쳐 봤든가요
소중해서 숨긴 애정의 힘이 비탈길을 오르게 합니다
정든 이의 행복을 빌고 하늘에 새들이 날아드는
가장 아름다운 시간에 헤어져야 합니다
그녀는 당신이 그린 수묵화입니다
수묵화 한 장이 비바람에 젖습니다
뱃사람이 풍랑을 이기며 바다를 밀고 가듯
사람들은 저마다 추억을 견디며 오늘을 건넙니다

4부

외로움의 마약,
외로움의 섹스

외로움의 마약, 외로움의 섹스

외로움에 우리는 하얀 수의처럼 흐느꼈다
언제나 외로움을 마약처럼 갈아마시면
마음 하나가 거대한 섹스가 되었다
외로움의 섹스가마니
정든 마음에 네 마음 비벼도 너는 괴로와
외로움을 요양소로 생각하기로 했다
시시종종 불가사의한 동굴
슬픔이 우글우글한 동굴
하느님의 고민 많은 동굴
하얀 병원인 여기에 칩거할 수 없다면
이게 없다면 너나 나나 살맛이 안날 거야
싸늘한 열기에 중독되는 건 불행이 아니야
생각하기 나름이지만 그리움과 슬픔에
익숙하기 위해서야 곡예사처럼 능숙능란해지는 것
슬픔을 공처럼 다루며 살 만하다고 속삭이는 거야
인생을 제대로 느끼고 극락의 경치를 꿈꾸는 거지

허나 밥그릇을 끌고다니면 꿈꿀 시간, 내가 어딨나?
어디까지 흘러가야 사람다운 사람이 될 수 있을까?
동물들이 사라지는 곳에 사람이 사람다울 수 있나

종말의 전날엔 뭐 할꺼니? 복잡한 머릴 흔들어주겠니?
파랗게 밀어주겠니? 독실한 네 슬픔도 보여주겠니?

외로운 당신

산다는 것은 온몸 온 사물에
부드러운 손자국을 남기는 거야
새살이 돋게 썩은 땅에 풀이 돋게 아주 부드럽게

나의 손이 닿으면 너는 미시시피강이 되고
보리밭 되어 나를 파랗게 덮어줄것만 같고
너의 손이 닿는 곳마다 내 몸은 찔레꽃 필 것이니
얼싸얼싸 기뻐 나는 춤추리니
붉은 혀는 뜸북새를 피어내며 가슴 저리게 울 것이니
외로운 우리 사랑
한결같은 마음으로 피고 질 것이니

나무도 죽지 않으면 나무가 아니듯
뿌리뽑힐듯 외롭지 않으면 산 것이 아니다
나약한 우리가 외로움의 형장에서
세계를 회의하며 열애하며 부서지기까지
외로움의 끝장은 다가오고
외로움의 프롤레타리아는 수시로 무장봉기하리라

황혼제

헤매고 헤매다 바람 부는 황혼이 내리면
빵과 우유와
태양나무 노란꽃 한 아름 들고
우리가 바라는 전부인 사랑,
애정을 바라는 자들의 빈손에 가득 쥐어주고 싶다

행복이란
주고받는 따뜻한 말로 외로움을 잊는 순간이다
내가 너의 목에 흰 냇물을 걸어주는 때다
너의 마음이 편안한 의자임을 보여주는
지금 이 순간의 희열이 나를 살아가게 한다
계속된 일거리와 고통으로 숨막히는 때는 많아서
공장굴뚝처럼 비명을 지르고 싶어진다
나를 만드는 모든 것으로부터 벗어나고 싶다

바람은 내 얼굴의 화장을 지우며 가고
해진 구두는 빛고운 물고기가 되도록 강가에 놔두고
옷은 홀홀 풀어헤쳐 인간을 벗은 옷의 의미를 느끼고
하늘하늘한 원피스만 입고 그리운 너에게로 가겠다
나와 흡사한 마음을 가진 너와 함께

오래오래 이곳에 살고 싶다

붉은 노을 모자[*]

다시 열렬히 살기 위한 장엄한 죽음을 보리라
서녘 하늘에 풍금소리처럼 번지는 저 불길,
저 훨훨 타는 거대한 털모자 속에서
한 떼의 새들이 지친 인간들에게 날아오리라

새들은
뜻깊은 세상으로 통하는 긴 터널을 비추고
또 다른 생애의 시작을 알리리라

---

* 황혼제 1을 따로 한편의 시로 만들었다

71

황혼의 지구병동

1

여러분은 다들 안녕하신가
어떻게 치열히 늙어가시는가 희망의 구급차를 타고
어디 아프신가 나처럼 아픈 척을… 하하
맷돌 돌리듯 이 시대를 맹렬히 돌리시는 여러분
혹시나 고통의 죽음의 이목구비를 살피시고
우리의 불감증에 대해 생각해보시라
지구가 휘날리는 황혼의 병동이란 판결에 항소하시겠지만
세상이 아프시다 평생 서서 도는 지구를 위해 뭔가를 해라
뒤돌아보라 자신의 病을 혹시나 위선을
예수가 장애자들의 발을 닦는 동안 행인의 눈에
석가가 자비로운 空을 새기는 동안 염치와 연민을 찾으라
애정을 가지라 나, 당신, 그리고 누구든지

2

인간동지 여러분! 나같이 뻔뻔스레
세상 자리차지나 하는 건 아니신지
하하, 쓸쓸하고 지루해서 거룩한 날들이여
꽹과리로 장송곡을 치며 길 떠나는 세월이여

눈 깜짝할 새에 가을의 백만군대가 불어닥치고
땅에 깊게 깔리는 외로운 신음들 청춘의 개죽음들
휴지통 속에서 늙은 악사가 죽음의 장엄미사곡을 연주하고
시멘트에 깔린 풀들이 일제히 울부짖었다
〈우리를 불쌍히 여기소서 힘을 주소서
우리가 당장 살아나리이다〉

누가 나를 내쫓고 있다[*]

바람 부는 날은 너무 삶을 갈망하게 만드는구나
죽고 싶을 때조차 나무의자는 꽃을 피우고
빵집의 빵들은 개마고원처럼 부풀고 처녀치마도 부풀부풀
구두수선공의 바늘 속에 바람이 불고
강가의 연인들 몸 비비는 심장에 바람은 불타오른다
내 가슴도 해가 지면 까무러치게 환장하게 울렁거린다
바람 불고 해지면 슬픔이란 슬픔 떡쳐 만든 탄약이거나
나는 장미빛 벌레…

누가 나를 내쫓고 있다 밥물은 끓지 않고
세상 시험마다 낙방하고 실업자를 따라 줄을 서고
옛 애인의 원기 왕성한 목소리는 머리카락을 자른다
슬픔과 방황의 카니발, 지겹도록 어지럽구나
절렁 철-렁 회한의 요령소리 어서 그쳐, 그치거라

죽음의 악단이 부르는 녹슨 섹소폰이구나
아무래도 하류의 모랫바닥 황혼의 비계덩이
아아 나는 위대한 잉여인간
바람이여 처치곤란한 자학증을 건설적인 주제파악증으로
돌려주시고

산발 만발한 갈망 철야근무하게 해 주옵시고
제 한 줄의 시가 누군가에게 동병상련 술이 되게
그대 장칼로 내 가슴 거듭거듭 휘저어주시기를

저 창밖 흰 눈이 오시고

저 창밖 첫 눈이 오시려나
날은 흐리고
홀로 폐결핵 앓던 내 방엔
아무도 찾는 이 없었네
내일은 오늘과 다를까
눈뭉치만큼 작은 기대를 굴려 봐도
꿈은 멀고 한숨만 번져갔네

지친 몸만 안개동굴이고
서글픈 그리움에 눈이 흐려지네

저 창밖 흰 눈이 퍼붓기 시작하네

* 20대에 썼던 새 시를 찾다

창

이상하지요 비통하도록 아름다운 것을 보면
온몸이 대책 없이 부풀어 올라요
터질 것 같은 애드벌룬처럼 말이죠
적요한 방과 흰 에나멜로 칠한 문,
가구의 나무냄새 오후 여섯시 회사 복도에서 본
창밖의 세계 이미 없는 푸른 물의 기억이라든가
장례식 행렬 더럽혀진 작업복
겸손히 흐느끼는 굽은 등과 빵 같은 아가
아, 은밀한 침묵에 쌓인 책장 그리고
몸서리치는 은사시나무 나뭇잎
상실에 저항하는 것들…

모두 말아먹고 싶었습니다 그러나 가진 후의
무서운 허탈감을 상상하면 견딜 수가 없어요
끌어안은 사람, 사물이 갑자기 서류뭉치처럼
구겨져버리거나 내가 고드름처럼 녹아버리거나

삼십 센티만 떨어져 앉지요 저는
이 거리를 집착해요 안전하고 자유롭지요
닭갈비를 뜯다보니 닭이 되는 기분입니다

털이 몽당 뽑힌 비밀이 없는 슬픔
생계의 짐, 추억과 죽음의 짐, 정욕의 짐
운명의 갈빗대가 휘지 않도록 개갈비 돼지 쇠갈비로
영양 보충한다는 슬픔
오늘 밤하늘이 서럽도록 작렬하네요

화차 貨車

녹슨 철로에
화차는 비어 있다
그 그늘에 깨진 소주병들이
쓰레기를 깔앉고 있다
정사 후의 침대 같다
푸른 하늘에 현기증이 났다
초여름 햇살이 추웠다
철로가 몹시 추워 보였다
빈 화차는
홀로 울고 있다

이때도 저때도 아니게 혼자라면

밥 먹고 잠들 때도 혼자, 영화 보고 시장 볼 때도 혼자,
이대로 혼자라면 화기애애해지기 힘들 것이며
세상은 나와 상관없이
발광하는 샹들리에라 여길지 모르며
책이나 비디오 보다가 허망에 멀어가는 눈
검은 눈에서 날개 잃은 새떼가 쏟아질 게다
전화는 더 이상 울리지 않고
나를 부르던 입술들은 진흙 속에서 푸들거리고
영원무궁한 슬픔, 슬픔, 인민의 꼬냑을 마시며
쑥쑥 자란 머리칼을 죄인 줄만 알고 뽑아대지
아아, 이대로 고흐나 베이컨, 바스키아를 생각하며
미쳐버린 푸른색으로 폭풍에 날아가는
엽총을 그린다 엽총보다 멀리 날아가게 그린다
늙어가는 팔다리 얼굴
끊어져 피흘리는 내 몸뚱어리
이 때도 저 때도 아니게 끝까지 혼자라면
방바닥은 십계의 홍해처럼 갈라지고
나를 묻고 닫힐 게야 쾅, 쾅,
무자비한 인생,
무정한 우리 인생, 쾅.

그대는 혼자가 아니리라

그대 슬픔 한 드럼통 내가 받으리라
감미로울 때가지 마시리라 평화로운 우유가 되어
그대에게 흐르리라 또한 태풍같이 휘몰아쳐
그대 삼키는 고통의 식인종을 몰아내고
모든 먹고 사는 고뇌는 단순화시켜 게우리라
술에 찌든 그대 대신 내가 술 마시고
기쁜 내 마음 안주로 놓으리라
그대 병든 살, 병든 뼈 바람으로 소독하리라
추억의 금고에서 아픈 기억의 동전은 없애고 말리라
그대 가는 길과 길마다 길 닦는 롤러가 되어
저녁이 내리면 그대 가슴의 시를 읊고
그대 죽이는 공포나 절망을 향한
테러리스트가 되리라 신성한 연장이 되어
희망의 폭동을 일으키리라
하느님이 그대의 희망봉일 수 있다면
물고기가 되어 교회로 헤엄쳐 가리라 험한 물결
뛰어넘으리라 간절히 축복을 빌리라
그대는 혼자가 아니리라
영원히 홀로치 않으리라

5부

안개 장롱

프랜시스 베이컨에게
—「자화상」에서

나는 네가 싫어
너의 침묵하는 비명의 얼굴이 싫어
네 몸은 비명으로 꽉 찬 가스통이야
언제나 쉬었어 단단한 것이 작살나는 것은
너무나 금세였어 네 몸이 찢어지는 것은
하지만 창백한 피는 피로 남아
피묻은 뼈는 뼈로 남아
다시 너와 너의 것이 되는 것을
지천으로 살 떠는 네가 되는 것을
나는 보았어
또다시 절규의 입술들이 쏟아지는 것을
허공에 소리없이 달라붙는 것을
끈덕진 폭풍에 갇힌 네가 나는 싫어
너를 죽이는 고통이 싫어
하지만 싫어도 싫을 수가 없어
도무지 외면할 수가 없어
오늘밤 내 몸도 뜨거운 눈보라고
이웃집 창들에선 구두며 외투 속옷까지
거리로 뛰쳐나와 외로이 몸부림치기 때문이야
사람들이 어둠 속을 절규하며 사라지기 때문이야

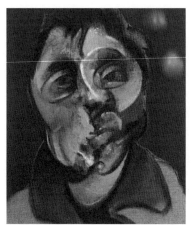
Inspired by Francis Bacon, self Portrait, 1969

안개 장롱

비가 언제 그치나 그렇게 기다렸던 은화같은 비
죽은 나를 내뱉는 사냥개같은 비
죽어서도 자랄 머리칼 같은 비
뭐든 조만간에 지루해지지 더러워진 세탁물처럼
피비린내 나는 외로움처럼
내일도 오늘과 같을까 무슨 일이 일어날까
막연한 기대를 화투장으로 늘어 놓고
나는 무엇을 기다리지
선인장같은 거칠어진 목을 드러내놓고
충분한 식사와 생수와 외출복을
뭔가 특별한 일이 생기기를 기다리나
무릎에서 버섯이 피고
이불이 수목림으로 변하기를 아주 평범한,
지금과는 다른
아, 안개가 되려나 봐… 내장까지 안개가

… 인간은 안개 가득한 장롱 …

기다림의 진화란 겨우 안개를 낳았군
독가스 같은 안개

늘 빈 몸이 불안해
몸통의 서랍마다 채워지길 기다리다가
기다림의 포대기로 인생을 얼싸 안다가
안개로 꽈악,
기다림이란
인간들이 알고 있는 유일한 신념이지
아니, 점진적인 죽음
기다리는 시간은 버려진 가축이 되는 시간
줄곧 기다리며 살았어요
결국 없는 것을 기다리는 건 아닌지요
눈동자는 날아가는 원반이고
사지는 안개그을음 투성이
점점 참을 수 없어
잃는다는 것 이곳에 산다는 것
잃기 마련인데
… 공포스럽군 … 끔찍해 기다림의 리얼리즘
나는 병들었어… 치유를 원해
이 병원엔
왜 이렇게 환자가 많지
누구도 제대로 기다리지 않아

질리도록 기다리는 사람들
병원은 상여의 만장처럼 울부짖지
누구나 가슴엔 환자가 살지
사지멀쩡한 우리는
자주 엄살을 부리죠 그걸 나는 인정해
저마다 자신이 누구인가를 알기 위해 기다리는 것
견디는 것
재즈 같은 나른함 속에
뭐 하나 제대로 된 결말도 없고
… 불후의 기다림 …
뭐든 끝장을 보구 싶다 쇠뿔을 움켜쥔
투우사의 피묻은 손처럼
— 그런 다음엔
거울 속에 새 한 상자가 있군
… 수저통의 포크처럼 조용하다

… 어떻게 살아갈까

바람에 사지가 뒤틀리오

바람이 크오
바람이 클수록 길이
넘어지오 사지가 뒤틀리오
바람은 꿈의 통곡이오
사랑스런 공포 욕정이오
둔한 나를 치고 찢는
저 바람을 잡고 싶소
잡을 만하면 날아가는
저 바람에 바람의 뼈 속에
들어가 박히고 싶소
어딘가 박히는 것은
항시 외롭지만 따스하오
인간의 소중한 흔적이 있소
그리움이 있소
지금을 견딜 수 있소
소의 날개를 붙들고
조금씩 너덜대는
생을 느끼고 싶소
강하게 더욱 완강하게

더 로즈[*]

        내 안의 여인들이 노래부른다 〈더 로즈〉
         내 시보다 아름다운 〈더 로즈〉
   스스로 벗겨지는 속치마 같은 인생을 위해 〈더 로즈〉
       노래를 따라 부르세요 비관적인 당신,
     여인들이 손짓한다 절망의 선글라스를 벗으세요
          더 이상 멋지지 않으니까요
    이 밤에 잠드는 일보다 노래부르는 일이 필요하다
       누군가 베티 미들러를 따라부른다
         벽마다 장미가 피어난다
            한 오라기 서글픈 혀,
                붉은 장미가
내 안의 여인들이 중얼거린다
인생은 사랑의 빵 굽는 아궁이라고
우리 깊은 사랑은 어디서 왔을까요 죽음 때문일까요
〈더 로즈〉를 부르면서 자신의 감정을 속이지 마세요
너를 사랑한다고 솔직히 표현하세요 몹시 그립다고,
안개 속에서 종소리가 울리는 지금,
방엔 은은한 강물이 흐릅니다 안개장미가
편두통처럼 피어나는 지금이 가장 좋은 때입니다
화면 가득 클로즈업되는 장미 속으로 기차가 달립니다

〈… 밤이 너무 외로울 때 인생길이 너무 험하고
길게 느껴질 때 사랑만이 당신에게 행운을 안겨
주고 힘을 북돋아주리라는 걸 생각하세요 …〉

---

* The Rose : 제니스 조플린의 일대기를 영화화한 타이틀곡

둥근 바퀴

짙어가는 어둠 속에서 둥근 바퀴는 제 홀로 돌았다 분신인
바퀴마저 잃을까 두려웠다 송별회와 술과 시끄러운 음식,
정든 동료 얼굴 위에서 나팔처럼 펄떡이던 입이 잠잠히
멀어졌다 피로에 짓눌린 몸은 술을 안 마셔야 했다 잠깐의
수면, 낯선 종착역, 자정의 시계, 내가 왜 여기 있을까
거대한 수화기처럼 웅웅대던 통로는 절망적인 회색으로
굽이쳤다 짐 가방 세 개는 나를 콘크리트 속에 처박을
것처럼 무거웠다 두텁게 아크릴물감으로 그린 듯한 층계,
떨어져나간 구두 뒷굽, 아차, 하는 순간 기이하게 덩치 큰
청년은 내 가방을 낚아채갔다
기억의 두루마기가 공포스럽게 나를 뒤흔든다 무서운
고립감 속에서 한 치 예감조차 없이 홀로 산다는 것이
경악스러웠다 세상을 믿는 일이 더욱 불가능하다고
느껴졌다 아무 것도 못 믿는 사람이야말로 불행한 삶이라
생각했다 내 몸은 비명이라도 지르면 풀썩 무너지려 했다
유리잔에 든 와인처럼 시뻘건 울음을 가두고 나는 천천히
둥근 바퀴로 들어갔다 오렌지 껍질을 까듯이 두려움을
벗기며 내가 어떻게 해야 할 것인가를 물었다
불안의 바퀴를 굴리며 나는 겁먹은 아이가 되어갔다

窓이 없는 사무실

1

건물 밑까지 솟아 내리는 불길
고뇌 없는 독약, 태양수면제
오후 세시의 발작
맹렬히 머리를 박아대는 피로의 재봉틀
얼굴을 파먹는 담배연기
훨훨 타는 책상 달아나지 못하는 손
컴퓨터소리, 비명처럼 자지러지는…
… 아아아 사무실은 너무 꽉 끼는 외투!

익숙해질 때도 되었는데
사육당한다는 기분도 매일이
뭉개진다는 기분도 없어져야 하는데
오븐 속에서 말없이 익어가는 빵이어야 하는데

밖엔 바람이 불까
바람이 흰 고래를 몰아올까
사방의 벽을 휘몰아갔으면
설움에 감기는 눈꺼풀
우산같이 날아갔으면

시골 역에 가 닿았으면
여길 나가도 窓이 없기는 마찬가지
마찬가지 아닐까

　　2 천사의 손

책상 서랍 안에 천사가 잠든다
손등에 비친
도시 건물이 불안하다

꺼지는 연탄불같이
끌려가는 흑염소같이

몹시 바람부는 날

굴레

다만 밥 한 사발을 얻기 위해 무수히 깨져갔다
반갑고 고달픈 인간관계, 개성적인 편견병 속에서
무심코라도 고질적으로 던져진 말망치 속에서
산산조각난 자존심의 보온병은 이글거린다
생존의 밑천은 인내뿐이니 이 설움을 견딜 것이다

다만 천편일률적으로 능률적으로 노예답게
직업사회의 거대한 대패는 나를 깎고 다듬는다
내 열망은 사무실 책상 위에서 우글거린다
바람부는 거리, 책과 음악, 나의 방, 나의 우주…
얼마나 부서져야 내 계급의 철조망이 가벼워지며
어느 때 내게로 돌아가 오래도록 나로 있을 것인가

〈순응과 자아 상실인가, 실업과 찰나적인 자유인가〉
세상과의 불화는 예감보다 힘들고 부드러운
사람살이 암소가 알을 낳는 일만큼 곤란한지도 몰라
때로 친해진다 것도 홀로일 때만큼 두려워라
섞이지 못하는 죄여 잘난 것도 없이
  섞이는 법을 모르는 자에게 파멸의 철문이 내려진다
    현세의 팔 한 짝 필사적으로 걷어올린다

불안

지극히 혼란스런 의식이 새벽강처럼 고요해졌으면
실수와 후회, 치욕스런 기억에 시다릴 때 시원스레
소나기가 쏟아졌으면 잔인한 말 던진 자를 용서했으면
잊었으면 권태롭고 적막한 오후 세 시 무렵이면 전화라도
수다스럽게 울렸으면

나처럼 이 시대의 나약한 바보, 울보들이 천천히 비빔밥을
먹고 커피 마시듯 고통을 음미했으면 갑작스런 사건에
놀라 허둥대지 않으며 추억의 지진으로 시간이 사망하지
않았으면 진지함과 활달함의 변주곡 속에서 하루가
무사하고 우리 애인들 모두 안녕하였으면 하느님처럼 늘
겸손하고 착하면 또한
주어진 것들 모두 받아들이라 욕망의 가마솥 잘 끓이라
막연한 희망, 기다림에 모가지야 늘어나지 말아다오 어서
쓸쓸한 저녁이 갔으면 이 불안의 바퀴도 날아갔으면 온몸
미칠 듯 번지는 칸나같은 바퀴가 멈췄으면 제발 멈췄으면

거기 나의 황홀한 우울,

맨홀의 도시를
강력세제 강력 방부제 강력제초제 강력살충제 강력피임제
강력마취제가 흘러넘칠 때
불타는 해일일 때 그것이 강력범죄로 느껴질 때
나도 강력범임을 시인할 때
내가 나를 죽이고 싶을 때
매연이 농약으로 먹혀질 때
쓰레기가 다이아몬드로 발광할 때
황혼의 흙이 돈으로 나부낄 때
밥 속으로 개미들이 투기꾼처럼 덤빌 때
수도꼭지로 개울물이 쏟아질 때
폐어 같은 내 눈이 떨어질 때
문간의 달빛이 해골로 뒹굴 때
해묵은 신문들이 울부짖을 때
1989개의 가발이 허공에 걸릴 때
가발인 내가 회오리칠 때 찢어질 때
황홀히 흩,날,릴,때,

6부

철로변의 가을

밥 한 사발

아버지가, 괴로워서 따뜻한 밥을 지고 오신다
어머니 손길로 더욱 부푼 우리 식구의 밥
폐허에서 일군 뜨끈뜨끈한 천국의 열매다

밥 한 사발엔
해뜨는 바다와 조상의 살 냄새와 단비가
매일 일하다 저무는 쓰라린 손 그림자가 있다

나날은 밥상을 준비하는 의식이다
아버지는 기쁨을 봉헌하는 사제
어머니가 나르는 숭늉에는 언제나
황혼의 논으로부터 불어온 바람으로 가득했다
〈감사히 먹겠습니다〉
우리는 사라진 메뚜기와 수 억 개의
촛불처럼 밤하늘을 밝히는 벼이삭을 떠올렸다
불안한 밥 한 사발을 얻기 위해
우리의 등덜미는 산처럼 구부러지지만
흰빛의 밥알을 씹으며 폐허에서도 웃을 수 있으리라
땅굴 같은 가난 속에서도 펄펄 살아날 수 있으리

철로변의 가을

깊은 잠 속으로 세월이 범람했다
세월은 폭력이고 죽음과 동의어였다
세월은 죽은 사람 눕혀 길을 만들고 무덤발자국을 남겼다
세월은 혈육을 모래알로 헤쳐 놓고
사랑하는 부모님을 짓밟았다
골병든 엄마와 민주투사로, 정치가로 파산한 아버지
딸아 내 딸아 삼수갑산이구나
가엾은 엄마 아버지
당신들은 석탄 같은 눈물눈물
새까맣게 타버린 눈물이다
가엾은 엄마 아버지
잡초 무성한 다락방이지만 편히 쉬세요
우린 걱정 말고 그만 시집가거라
시는 겨울 산 밝히는 봉황불 같아 쓸쓸하니
자식 낳아 기르거라
시도 제 핏덩이에요, 엄마

북풍이 긴 잠 속으로 몰려온다
인간의 육체는 얼마나 아름답니?
육체는 도금한 은장도야

고통의 쇳덩이를 감추고 은밀히 흐느끼는
쓰러질 줄 알면서 죽음의 독재에 저항하는,

북풍이 거칠게 몰아친다
나는 얼마나 작은지 몰라

북풍이 거칠게 몰아친다
나는 내 자신이 아무 것도 아니라는 것을
깨닫기 위해 시를 쓰는지 몰라

북풍이 거칠게 몰아친다
허공아가리에 시의 활화산을 부으며
홀로 사는 삶은 매일 깊어지는 빛의 형벌이야

북풍이 거칠게 몰아친다

---

* 원제 '북풍과 은장도'

철로가의 집 한 채

먼 시간의 나무들이 쓰러지고 삽질이 시작되었다
땅이 벌어지고 한 가계의 고분이 출토되었다
기억하라, 기억하라 하면서 몸부림치는
옛 신발이 낙엽처럼 흩어져 날았다

방안을 울음으로 도배하는 집
다툼이 잦은 이 집에서
탈출하겠어 지긋지긋해 약방냄새 병자냄새,
실패에 찌든 냄새… 고난의 아버지, 시대가 어지러워요
무슨 시대가 백성을 북어처럼 다루죠 그들은
총을 가졌으니까 가산탕진하는 정치 그만할 수 없나요
불쌍하고 불행한 엄마, 성질 좀 죽이세요
부슨 부부가 시틋하면 불멸의 원수같나요
저희 형제들도 싸우지 않을게요 철없는 자식들아
우리가 십년 후에 개봉할 터미네이터인 줄 아느냐
에미 애빈 황혼녘에만 피는 꽃이란다 가을을 추수하는
쇠스랑 같은 손, 거친 이 손 끊고 우리도 도망치고 싶다

가정이란 국밥을 따뜻이 데우기란 얼마나 힘겨운가
가정이란 조국만큼 얼마나 끔찍한 혼란덩어리인가

야당정치가 자식에게
평범함이란 얼마나 근사한 별장이었던가

우리는 언제나 불완전하고 에고가 강했기에
자주 다툼을 격발시켰고 괴로움의 끝장을 보며
애정을 절절히 느끼기까지
얼마나 무서운 육박전까지 치러야 했던가
이렇게 싸우다간 누군가 죽고 말 꺼라고
누구든 죽어야 평화의 소나기가 내릴 꺼라고
차라리 모두 죽자고 쇠귀신처럼 나는 통곡하다가
너 때문에 손님이 깜짝 놀래서 돌아갔다고
어머니께 얻어터지거나 대문 밖으로 쫓겨났었다
나는 혹시 의붓자식이 아닐까 의심하며
당신을 때려눕히고 싶다고 이를 갈았다
수도원으로 변한 지옥의 아수라장,
집으로 돌아오면서
외로운 거위처럼 오열하곤 했다

아버지를 유난히 빼닮은 죄와 울고 반항한 죄로
유별나게 전쟁을 치른 구박덩이 둘째딸,

나는 열한 살 때 꿈꾼 가출을 서른 살에 이룬 후
삶의 보상은 비극이지만
비극 속의 행복한 날들도 기억하면서
애증의 집 한 채, 철로가 집 한 채가 그리워 운다
식구들의 정 깊은 살 냄새가 그리워서

부재가 되어버린 시간 속으로 젖은 흙을 쏟아붓는다
어느 새 삼십일 년의 장례식을 목격한다

의왕의 가을

악기 하나

철길 따라 걸으면 내 앞에 빨간 물고기들이 날아가
바람이며 풀이며 꽃이 내 품에 안겨와
철길따라 걸으면 왠지 서러워서 출렁
사람만 보면 반가와서 출렁
들국화촛불을 들고 출렁
그야말로 나는 아름다운 악기가 돼
이 모든 것을 사.랑.해라고 노래하면

病

세월의 지옥으로부터 꿈만 꾼
실속 없는 인생아 열망의 病아
나를 끌고 다니다 너도 말랐구나
으스러지게 껴안아보자
뭐든 껴안을 때 천당이구나

흙 피리를 불며 강을 건너올 애인이 그립고

벌판이 초대한 진수성찬이 그립고
바람이 밥벌이에 거칠어진 외투와
구두를 불태울 동안
아무 걱정없이 마냥 걷다가
나무그늘에 누워 자다가
숲으로 가는 길에
사보지 못한 책들이
움막같이 쌓였다는 소문을 듣고,
病이야 재 속에서 몸부림치는 돌의 이야기

가을 꼬마

왜 라일락처럼 펑펑 우니?
어항 물고기가 죽어서, 수돗물이 독약같아서요

엽서

너를 내 몸에 담아 대리석처럼 씻어줄까

네 눈에 칠할게 강.바람. 안개를
가뭄 든 입에 한 세월 따뜻할 지폐뭉치도 쏟아 넣고
혼란스런 의식의 광장엔 성당 종소리 흘려놓고
내 무릎에 잠재우면서
너를 행복한 사람이라 부르겠어

장마 통에

하늘의 사자 입을 찢으며 가는 번개를 따라 아버지 맨발로
오셨다 전철은 끊기고 수원여고 댕기는 딸들을 찾아
십리를 걸어서. 〈언니—너도 신발 벗어〉 우리가 자갈길을
맨발로 가는 동안 장마 통에 잃은 아버지 신발 거북선보다
큰 배가 되어 괴로움의 첩첩산맥을 넘는다

유리병

세 딸을 낳고 유산된 사 개월 짜리 아들을 알코올병에
담아두셨다

111

엄마야, 유리병 속에 맨날 눈이 내리네 방금 구운 빵 같다
이별 없는 만남처럼 귀한 눈발이, 이 년씩이나, 그게
엄마
눈물이란 걸 알아요

구원이라고

가을 예수가 따라왔어/ 맨발엔/ 잔뜩 흙이 묻었고/
흙은 눈물이었어/ 여동생은 간청했지/ 예수를 보라고/
흙을 가슴에 담아 살라고/ 낡아서 갱지도 못되는 나에게

백합 속의 비행기

백합 같은 하늘은
밤낮으로 피어 있다
쉬잇,
꽃 속에서 가야금 소리가 난다
나귀 발자국 소리가…

간절히 꽃을 사모해
푸른 물이 든다
꼬리까지
꼬리치는 마음까지

추석 이브

이 가을에 마악 내리는
눈으로 빚는 송편
천사의 손톱 같고 샤갈의 빠렐 같은

삶에 지친 사람들에게 건넬
선물 속에
보리빵보다 따스한 송편이 익고 있다

전화

〈죽을 때까지 사람은 그가 사랑했던 이들에게 속해 있다〉

수화기에서 흰구름이 쏟아졌다
캄캄한 광 속에 갇힌 나를 풀어 하늘로 띄우는 구름
네 목소리였다

* 원제 '철로변의 가을'

지루한 세상에
불타는 구두를
안겨라

신현림

불타는 구두,
그 열정을 안겨라

신현림
첫 시집
21년 만의
복간본

은밀한 운주사과-사과여행#7
신현림
2018.10.30~11.11
Open.10.30
작가와의 만남 11.10
류가헌 갤러리
종로구 자하문로 106
초대장
오늘도
일, 사랑, 행복
가득 누리세요
천천히 바람따라
은밀한 사과향기,
꿈 한컵
마시러 오세요
신현림 드림

체온

그토록 그윽하게 출렁거리면서
남도들판은 갈색 창호지 같은 저녁을 태운다
흙 속에서 둥둥 북소리가 울리고
무등산 그늘이 나를 덮는다 나를 울린다
무섭고 오랜 날씨를 견딘 운주사 석불처럼
한없는 부드러움에 감겨 굳은 외투가 부푼다
바늘 같은 마을불빛, 소쇄원 대나무 숲의 은밀한 질서
저 스러지고 소생하는 야생의 체온
얼마나 장엄한 덧없음이 지상을 움직이는가
조금만 건드려도 부서질 아름다움이 인생을 다스리는가
이 순간의 희열을 위해 서울을 떠나왔듯
쾌감의 끝이 슬픔이듯 내 발은 흙 속에 잠겨간다

낙화암

기러기 날 듯 솟아오르는 아픔을 이겨야 한다
내 가슴에 사는 낙화암 병자들아 애인들아
사랑의 헌 신발이 밀고 오는 강을
강에서 솟구치는 동전더미와 장송곡을
떨어지는 해를 안고 흐르는
백마강을 건너야 한다

　　백마강을 들이마셔
　　피를 토할 꺼나 백제 땅 부여
　와서 나는 물안개로 흐를거나
요즘은 위기다 낙화암이다 위태로운
낙화암 장고를 두드리는 빛의 흉년을
조만간 실직을, 집안의 불운을, 사랑의 비애를
견디기 힘들어라 차가운 벽돌같이 흩어져
가족이란 아름다운 탑을 쌓으려는 혈육은
몸에서 떼낼 수 없는 덩굴손이다 불우한 아비의
덩굴손이 내 울음을 칭칭 감고 목에서 뻗어 나왔다
마음이 좋아 자주 다치는 착한 아버지 바보같이
암담한 아버지 때로 타인은 얼마나 지독한 극약인가
인생은 깨지기 쉬운 밥그릇 카프카가 생각나는 낙화암

아버지 따라 흩날리는 어머니
어디까지가 낙화암이고
어디가 낙화암이 아닐 건가
인생은 불안과 불안을 안고 휘청대는 낙화암
그렇게 경악과 비명이 엉킨 낙화암이다
괴로움이 빛나는 낙화암 밀림 속에서
길 잃은 내 식구의 고단함이여
길 찾아 떠나는 자의 설움이여
전선을 지키는 병사의 애처로운 나팔소리같이
내 아픈 노래로 달래련다
어이 어이,
하늘의 파란 피를 끌어당기련다

초록 말을 타고, 문득

돌아본다
세월의 넝쿨 속에서
소용돌이치는 산
여전히 검다

산은 구겨진 땅에 욕된 얼굴들을
쏟아내고 흐린 빛을 깨문다
폐 속에서 이끼를 뜯어내고
나는, 초록 말을 꺼내 탄다

하늘은 멀고 갈 길이 아득할수록
지상은 역한 환희로 가득 차 보인다
자주 늘어나는 목에선
우울의 가래가 튀어나온다

사람마다 지르는, 길고 축축한
비명에 뜨거워지는 철로변에서
얼마나 격렬히 끌어안아야 하나
이 죽음의 민둥산을

깊고 진하게 살고 싶다

— 깊고 진하게 살고 싶다
— 무엇이 되려고
— 바위처럼 되려고

무엇에든 쉽게 흔들리지 않고 깨지지 않는 바위
해와 달, 별을 감싸 안는 하늘을 사모하고
젖은 제 몸만 말리는 일상이 되지 않게
지친 자를 만나면 섬이 되어주고
마음의 눈은 혜안이 되고
괴로울 때라도 희망을 엿듣고
지진으로 구겨진 도시를 볼 때처럼
무섭게 가슴이 타고
언젠가 차가운 빗물이 되더라도
바위처럼 단단히 살아내려고

7부

위험해서 찬란한 시간들을

위험해서 찬란한 시간들을

너의 자동차는 비탈길을 뒹굴며 얼음덩이같이 떨어졌다
경악의 홍기가 하늘을 가르고
너의 얼굴은 못쓰게 된 마분지처럼 구겨졌다
누구나 헛디디면 죽음이 기다리는 나날의 커브 길에서
누구든 가릴 것 없이 아차, 하는 실수의 길목에서
캄캄히 해와 달의 수족관이 깨지고

너는 의식을 잃고 피를 흘렸다
아름답고 멋진 네가 죽는 줄만 알았다
가족의 세계 상실인 줄 알았다 네가 없다면
날마다 태양은 바늘같이 쏟아질 것이다
어서 상실의 시간으로부터 희망 스위치를 올리고
날뛰는 말을 길들이는 마부처럼 괴로움을 다스려라

〈내일을 자랑 말라 하루 동안 무슨 일이 일어날지 모르니〉
〈내일을 걱정하지 말라 근심은 오늘로써 족하느니〉

교통사고, 문명의 불치병인 교통사고,
네가 다친 시간대에 교통사고로 여덟 명이 사망했다
슬픔의 유행병에 걸렸다 하면 웬만하면 사망이다

지극히 위험해서 찬란한 시간들을 우리는 살고 있다
지극히 우리에게 소중한 너는 사지 멀쩡히 살아났다

슬퍼서 영혼을 얻다

삶은 고통과 외로움의 유형지다 안전지대란 없다
안전지대란
매번 다시 살아야 한다는 다짐 속에 있다
함께 인내하는 우리의 끈끈한 사랑 속에 있다
상처를 상처로 끝내서는 안된다는 의지 속에 있다
상처는 인생의 약초 같은 푸른 그림자
광활한 슬픔 끝에 영혼을 얻을 것이다
깊고 넓은 새 인생의 대륙을 가야 한다
견딜 수 없는 인생의 충격과 절규를 통과해서
산 자들은 환희의 저수지를 퍼뜨리고
몸 지지는 괴로움의 인두를 분질러
빛의 말뚝을 박아라

사람 냄새나는

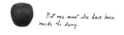

Inspired by Ben Shahn

한여름 햇살에 장미는 취했어 노랗게 젖어 부풀었어
부끄러워 부끄러워 노을 한 자락 뒤집어썼어 솔바람 뒤에
숨었어 나부끼는 바람 따라 두 평짜리 방으로 들어섰어
회랑처럼 벽이 온통 그림이었어 저마다의 소리와 빛깔로
울고 웃었어 장미는 꽃병에 꽂히기보다 그림 곁에 눕고
싶었어 사람 냄새나는 그림을 껴안고 싶었어 영혼과
육신을 곱게 펴어 그림을 지키고 싶었어
밝고 어둔 구석 액자 속에 아름다운 사람이 있었어 화 — 한
임종이었어 하얀 침상에 거꾸로 물구나무 서 갔어 그림이
빛나게 죽음이 따스하게 온몸을 비웠어
〈그러나 우리도 죽음을 피할 수 없으니〉
그림은 19년째 울고 웃었어 벤샨의 판화였어

사라지는 자를 위하여[*]

누워있는 그대,
두 문에서 흰 길이 흘러나온다
흰 길을 거슬러, 강물이
그대의 목까지 잠긴다
새벽 세 시의 바람 안에서
가로등 불빛은 모여 흐느끼고
그대 삼키는 강물을, 차마
나는 볼 수 없어 고갤 떨군다
고요한 햇빛 안고 부르던
그대의 노래는 남아 서럽게 흩날리고
외로움은 힘겹게 일어나
추억의 감방을 부수며 날아오른다
세월의 빗발에 패인
온몸의 상처를 감싸 안고
비틀린 기억이 순화되기를
미궁의 목숨이 이해되기를
그대는 얼마나 기다렸을까
겨우 움켜쥔
한 덩이 빵에도 고마워 떨면서
끝내 기이한 강물에 휩싸여 그대는

떠났다
내 시선에 녹는 유리창 밖으로
안개의 수의만 너울거리고, 나는
그대가 남긴 푸른 작업복 주머니에서
허망을 짓씹던 가을을 주웠을 때
잠시 쉬어가는 시계의 침묵을 들었다
기어이 세월은 그댈 잊겠지만
노을 끝에 널어둔 그대 그리움은
내 가슴에 깊고 무겁게 잦아들 것이다

---

* 인간들이란 죽지 않으면 안될 존재라는 것을 이해하게 되었을 때⋯ 생전의
우리의 정열을 연민에 싸여 바라보게 되오 - A.까뮈

깨어 펄럭이는 여자

온 강산에 폐수의 작두가 굽이친다
물고기와 물새들이 말없이 으깨진다
꽃과 나무가 마른다 마른 바람에
뜨거운 무덤들이 흘러 온다
독초의 인간들이 흐른다

지구는 공해의 박람회장
지구는 울부짖는 모래밭

허공에 뜬 돌이 된 빵과
불행한 밤들을 더 이상
견딜 수가 없다
깨어 흐느끼는 시간
깨어 펄럭이는 인간이길 바란다
불행 줄이기를 열망한다
나만 살다 끝날 세상이 아니니
무지와 무관심은 파멸이다
도처에 문명의 배설 쓰레기 폭설이다
아이들 몸까지 꿈 속까지 무섭게 밀려온다

아이들을 사랑한다 지옥이라도 내 땅
내 마지막 터전을 사랑한다
목숨을 나눈 대자연 앞에
인간임이 부끄러워 참회록을 쓴다

한강을 위해

한강을 위해 오리 떼들이 날아와 헤엄치고 있다
당신은 저 새들이 한강에 비상구를 뚫는 것을 모른다

한강을 위해 바람은 불었고
강가의 나무들은 몸부림쳤다
당신은 함께 살 날이 멀지 않았다고 말할지도 모른다

한강을 위해 생선장수 아저씨는
리어카에 언 바다를 가득 담고 다녔다
〈청어 동태 고등어요〉 할 때마다 추운 바다가 녹았다
저렇게 부를 때마다 녹는 것이 생존의 힘이고
뭐든 부른다는 것이 사랑임을 안다

사랑은 생명을 지키고 낳는다는 뜻일 게다
절박한 사랑으로 인간에게 흘러오는
병든 한강을 우리는 오래도록 생각하지 않았다
당신의 눈 속에서 한강이 뒤척이고
머리칼에선 죽은 물고기가 계속 흘러나온다

일으켜 세우는 사람들

내 곁에 된장국을 끓여놓은 아침식탁의 하얀 여인이 있다

내 곁에 소년이 새장에서 새를 풀어 하늘에 날려 보낸다

내 곁에 병원 물리치료실에서 뇌를 다친 환자가 운동을
한다 몸부림치듯 백합을 피어내는 꽃병을 나는 본다

내 곁에 당신이 심은 소나무가 바람과 해를 부른다

내 곁에 폐비닐더미를 실은 트럭이 재생공장으로 가고,
미화원 아저씨가 캄캄한 길을 쓸어담는다

내 곁에 일몰 속으로 빨려드는 병들고 헤매는 자들의
신발이 쓸쓸했다
무너지지 않으려고 무너진 후 다시 일어서는 쓸쓸함
헤매지 않으려고 헤맨 후 다시 돌아오는 쓸쓸함
내가 왜 이곳에 사는가 느끼게 하는 이들
부단히 일으켜세우는 이들, 반갑고 눈물겨운 몸짓들
그들 푸른 작업복 속의 폭풍이 타오르고 있다

한솥밥 궁전으로 당신을 초대한다

불을 지피고 밥을 지어라
문이란 문 모두 열어놓고 살맛나는 밥을 끓여라
가난하고 병든 이들, 노인네들
흩어진 식구 일터의 지친 노예란 노예 모두 불러
대기근에 허덕이는 아프리카인도 불러
지위계급 막론하고 〈아아 뭐든 먹고 싶다〉는 자를 위해
허기증을 잊게 하라 우리가 살아있음을 축하하면서

〈함께 밥을 먹는 동안은 외롭지 않았어〉
〈이제 뭐든 사랑할 수 있을 것 같아〉
이 서럽고 어여쁜 탄성, 꽃가루로 흩날리게
자주 잊는 수치와 감사를 느끼게
해가 뜨는 곳으로 당신을 초대한다

한 덩이 밥은 어두웠다가도 사람이 몰려오면 환해진다
죽은 조상도 불러 학의 날개처럼 웃게 하고
연인들에겐 약속으로 뭉친 밥의 사랑을 베푼다
밥그릇을 나르는 손과 손에서 희망의 혁명을 느끼리라
이제 곧 달의 술이 흐르게 하고
나는 한솥밥 궁전으로 당신을 초대한다

서평

시의 불꽃

적막한 시단에서 살아 있는 시들을 발견할 수 있다는 것
은 큰 기쁨이다. 신현림의 시가 바로 그런 경우이다. 그녀
에게서 시의 길찾기와 삶의 길찾기는 둘이 아니다. 이문
재가 거리 산책을 통해 시의 길을 암중 모색하고 있다면
신현림은 자신의 정신과 육체 전부를 불꽃으로 삼아, 스
스로 시의 길을 만들어 가고 있다. 그녀의 시의 불꽃이 하
도 강렬하여 그의 시세계뿐만 아니라 침체의 늪 속에 빠
져 들고 있는 최근의 시단 전체가 환해지고 있다.

'인간은 안개 가득한 장롱'이라는 인식, 스스로 '잉여인
간'이라는 자의식, 참을 수 없는 무거움 속에 갇혀 있다
는 실족의식, 그럼에도 불구하고 결코 포기할 수 없는 구
원과 희망의 꿈, 이런 것들이 신현림 시의 출발점이다. 꿈
을 배반하는 나날의 삶의 길과 미지의 시의 길을 하나로
인식하면서, 생활과 시정신이 치열하게 마주쳐 일어나는
불꽃, 안개 속의 삶의 길을 밝히는 불꽃이 그의 시이다.
예컨대 시「검은 구두 한 켤레」에서 빛나는 시의 불꽃을
보라.

당신은 무어냐고 누가 묻는다면
나의 존재를 희망의 포로다 말하리다
일과 사랑을 찾는 구두였다고
구두 속에서 밝은 여름해같이 불타오른다
구두 속에서 삶은 언제나 실감나는 사건
구두는 전조등 불빛처럼 욕망을 비추고
내가 되고 싶은 사람에게
내가 가고 싶은 곳으로 외출시켰다.
외출은 번번이 세끼 밥을 안고 오는 일로 끝나거나
길어놓은 바닷물을 엎지르는 헛수고
불안은 구두를 자꾸 절벽으로 몰아갔다

시인이 노래하는 '구두'는 희망의 포로가 되어 사는 시인의 현존의 표상이다. 일과 사랑과 희망을 찾아가는 구두의 시학, 그것은 철저한 현실주의자의 시학이다. 구두는 땅 위를 걸어가지만 거기에 전조등 불빛을 달고 있다. 그 불빛은 희망과 구원을 찾고 있다. 시인이 열망하는 희망과 사랑은 그러나 현실에서 부재로 결핍으로만 확인될 뿐이다. 불안의 절벽은 피할 수 없다. 그렇다고 해서 시인은 그것을 결코 포기할 수 없다. 시인의 정신은 절망의 순간에도 치열하다.

발은 수술대 위에 놓여 있다. 뒤틀린 뼈는 버려지고
추억의 불가사리처럼 피로감처럼

내 발에 다시 악착같이 달라붙은 구두
지상을 더 없이 사랑하게 만드는 구두
지상을 떠날 때 해를 향해 날아갈 구두
잔인하도록 아름다운
내 희망 한 켤레!!

이 시는 신현림 시집『지루한 세상에 불타는 구두를 던져
라』에 수록되어 있다. 이 시집은 지루한 세상, 안개 가득
한 실존의 불확실성과 싸우는 젊고 패기 만만한 시들로
가득하다. 그녀의 시들은 삶의 순간성과 허무함, 고통과
불안과 안개를 깊이 인식하고 있으면서도 '제대로 되먹
은 인간'이고자 하는 고뇌와 '행복'의 꿈을 결코 회피하
지 않으려는 치열한 노력을 보여 주고 있다. 일상성과 지
루함으로 가득 찬 세상에 '불타는 구두'를 던져 스스로 불
꽃으로 빛나기를 바라고 있다.
그녀가 던지는 '불타는 구두'는 그녀의 정열이기도 하고,
그가 꿈꾸는 사랑이기도 하고 따뜻한 빵이기도 하고, 서
로 따뜻한 말로 외로움을 잊고자 하는 시인의 마음이기도
하다. 그리고 단란한 가정('한솥밥 궁전')과 결혼과 아이
에 대한 꿈이기도 하다. '사랑 · 빵 · 아이 · 한솥밥'에 대
한 꿈은 여성 시인으로서의 행복의 꿈이다. 그녀에게서
'행복'이란 주고받는 따뜻한 말로 외로움을 잊는 순간이
다. 그 행복을 향한 문학적 모험이 그녀의 시이다.
신현림의 시는 자신의 나날의 체험 · 실감과 자신의 사상

에 기대고 있다는 점에서 현실적이다. 그는 추상적 희망이 아니라 확실한 대상(빵·사랑·한솥밥)을 욕망한다. 현존의 불안과 무거움, 가족사의 아픔과 개인사의 고통을 껴안고, 나날의 일상성에서 벗어나 새로운 세계를 꿈꾼다. 꿈꾼다기보다는 모험하고자 한다. 스스로 발광체가 되어 앞길을 비추며 자신을 미래로 던지는 그녀의 시정신에서 우리는 말 그대로 젊은 시인의 패기와 열정을 본다. 신현림은 '80년대의 이성복에게서 볼 수 있었던 결코 화해할 수 없는 이 세계에 대한 지속적인 지적 질문과, 최승자가 보여 주었던 현실과 시의 끝없는 대질, 자신이 꿈꾸는 삶의 그림을 스스로 그리고 완성해 보겠다는 치열한 시정신을 나름대로 개선하면서, 이를 더 과감하게 철저히 밀고 나가고 있다. 그녀의 시에 나타나는 밥과 사랑의 주제는 최승자를 연상시키는 점이 많지만, 신현림의 언어는 더욱 다이나믹하며 속도감 있고 거리낌없고 열정적이다. 이 역동성은 신현림의 특성이자 그 세대의 특징이기도 하다. 영화, 팝송, 현대 미술, 사진 등에서 많은 시적 영감을 받고 있는 것도 같은 맥락에서 이해된다. 그녀의 시에서 정신적·육체적·물질적 꿈은 결코 분리되지 않는다. 그녀의 시는 이 모든 것을 온몸으로 밀고 나간다. 우리는 그의 시에서 안개 가득한 '90년대의 오솔길에서 스스로의 행복의 길을 찾아가는 시정신의 모험에 한 전형을 본다. 그녀의 꿈은 과거가 아니라 미래의 꿈, 현재에서의 미래의 꿈이다. 그녀의 시는 삶을 미래에 거는 한 젊은 시인의 내적 초상화를 보여주고 있다.

우리는 시인의 불꽃이 순간적으로 사라지는 섬광이 아니라 우리의 실존 구석구석을 비추며 타오르는 지속적인 것이기를 바란다. 그리고 때때로 발견되는 감수성에 대한 의존을 지양하고, 자신의 삶뿐만 아니라 우리 시대의 사회와 역사에 대해서도 깊은 관심을 가져 주기를 기대한다. 우리가 이 시인에게 기대를 거는 것은 무엇보다 이 시인이 거대한 내면을 지니고 있다는 데 있다. 그녀는 감성과 지성, 부드러움과 강함, 그리고 언어에 대한 뛰어난 감각을 지니고 있다. 그녀는 행복이 결여된 세상에서 꿈꾸고 노래한다. 젊음과 열정이 결여된 시간에 불타는 구두를 던진다. 이 계절의 시 전체의 무게가 그녀의 시에 걸려 있다고 해도 지나친 말은 아니다.

강원대 국교과 교수. 문학평론가

시평

신현림은 '80년대의 이성복에게서 볼 수 있었던 결코 화해할 수 없는 이 세계에 대한 지속적인 지적 질문과, 최승자가 보여준 현실과 시의 치열한 시정신을 개선하면서, 이를 더 과감하게 철저히 밀고 나가고 있다. 신현림의 언어는 더욱 다이나믹하며 속도감 있고, 거리낌 없고 열정적이다.

이 역동성은 신현림의 특성이자, 그 세대의 특징이다. 영화, 팝송, 현대 미술, 사진 등에서 시적 영감을 받는 것도 같은 맥락에서 이해된다. 그녀의 시는 이 모두를 온몸으로 밀고 간다. 스스로 행복의 길을 찾는 시정신의 모험에 한 전형을 본다. 이 시집은 지루한 세상, 안개 가득한 실존의 불확실성과 싸우는 젊고 패기만만한 시들로 가득하다. 이 시인에게 기대를 거는 것은 무엇보다 거대한 내면을 지녔다는 데 있다. 그녀는 감성과 지성, 부드러움과 강함, 그리고 뛰어난 언어 감각을 지녔다.

서준섭. 문학평론가, 강원대교수

신현림은 우리 시단에 하나의 개성으로 자리를 잡고 있다. 패기만만하고 상상력이 신선하다. 거리낌없이 활달한 어법이 주는 자유로움과 시와 사진, 그림과 꼴라주를 통한 파격적이고 특이한 매혹으로 넘친다. 현대인의 허기진 그리움, 기다림, 재즈같은 권태, 영원히 하나 될 수 없는 사랑 등을 노래하여 가슴을 울리는 황홀한 내면풍경과 외로움의 미학을 보여준다.

이승훈. 시인, 한양대국문과교수

신현림은 한국에서 쉽게 접할 수 없었던 새로운 감수성으로 언어를 비틀어 한국시의 또 다른 모습이란 꽃을 피우고 있다. 어둡고 질척거리는 시적공간과 참신한 감수성으로 세계와 인간의 또 다른 모습을 생각하게 하고, 감수성의 날카로움과 치열한 몸부림을 섬뜩하게 받아들이지 않을 수 없게 한다.

김선학. 문학평론가, 동국대 교수

발문

절망 끝의 투지와 혁명적인 시

최선영

『지루한 세상에 불타는 구두를 던져라』는 항상 용기를 준다. 이십 대의 신현림은 인간의 욕망과 고뇌를 이토록 심오하게 압축적으로 만들어낸다. 기형도는 암울함의 미학이 스며나고, 신현림은 암울함 끝의 투지가 싱싱하게 폭발한다. 랭보는 남다른 상상력으로 여인을 읊고, 신현림은 치열한 시선으로 여성을 말한다. 여전히 불타는 구두를 신고 춤추고 있다. 잿더미가 될지언정 매일 새로운 구두를 신고 불타오를 태세다. 아이같이 엉뚱한 상상력으로 비범하게 풀어낸 시들은 여전히 뜨겁게 다가온다. 시적 완성도를 높일 때까지 퇴고하고 연마한 시는 시대가 지나도 새롭다. 가슴 뛰게 만들고 두 발도 뛰게 한다.

세상이 지루하게 느껴질 때, 인생의 혁명을 느끼고 싶을 때 귀퉁이 닳도록 이 시집을 꺼내보곤 했다. "네가 나 없이도 행복할 것이 두렵다"는 절망과 갈망이 삶을 휘젓더라도 이 시집이 있어서 24년 동안 나도 "스티로폼처럼 가벼운 그날을 견딜 수 있었다". 시집 곳곳의 슬픔, 희망,

146

기쁨은 신선하고 특별하되, 그 누구의 마음과도 공명한
다. 그래서 힘겨울 때 힘을 얻는다. BTS 세대와도 통할
보라색 위로가 넘친다. 시간이 갈수록 영원성을 가진 명
작으로 읽혀질 것이다.

문학박사. 이화여대 에코크리에이티브 협동과정 특임교수

시인 소개

신현림申鉉林, 경기 의왕生 시인. 사진작가. 미대 디자인과 수학 후 아주대학교 국문학과를, 상명대학교 예술 디자인 대학원에서 비주얼아트전공, 석사학위를 받았다. 한예종·아주대에서 〈텍스트와 이미지〉를 강의했다. 제도권적 여성 담론을 뒤흔든 가장 전위적인 시인으로 포스트모더니즘 계열 시의 대표주자다. 실험적이고, 상상력이 신선하고 파격적이며, 특이한 매혹으로 넘친다. 시와 사진의 경계를 넘나드는 전방위작가로서 다양한 연령대의 마니아층을 확보하고 있다. 시집 『지루한 세상에 불타는 구두를 던져라』, 『세기말 블루스』, 『해질녘에 아픈 사람』, 『침대를 타고 달렸어』, 『반지하 앨리스』가 있다. 『나의 아름다운 창』과 『신현림의 미술관에서 읽은 시』, 『만나라, 사랑할 시간이 없다』, 『애인이 있는 시간』, 『시 읽는 엄마』, 『깨달은 고양이』 등 다수의 에세이집과 세계시 모음집 『딸아, 외로울 때는 시를 읽으렴』, 『아들아, 외로울 때 시를 읽으렴』, 『시가 나를 안아준다』, 동시집 『초코파이 자전거』의 「방귀」가 초등 교과서에 실렸다. 사진가로 낯설고 기이하고 미스테리한 삶의 관점으로 사진에 페인팅까지 확장, 사과 던지기 작업을 14년째 일구고 있다. 「아!我,인생찬란 유구무언」, 「사과, 날다」와 일본 쿄토게이분샤 서점과 갤러리에서 채택된 「사과 여행」과 「From 경주 남산」, 「은밀한 운주사과」전. 「사과밭 사진관」으로 2012년 울산 국제 사진 페스티벌 한국 대표 작가로 선정된 바 있다.

한국현대시 다시 읽기를 펴내며

좋은 시는 우리가 잃어버리기 쉬운 휴머니즘과 여린 감수성, 그리고 최후의 도덕성을 지킬 양심과 죄의식까지 비쳐낼 거울이다. 문단 정치의 세속화에 대항하여 시대의식을 정직하게 품고, 어떤 자본의 논리도 뛰어넘는다. 그래서 시 쓰기의 순정과 초심 속에 오직 치열한 시대정신을 안고 미학적인 완성도를 높인 시만이 남는다. 이 진실을 가슴에 새기고 <한국 현대시 다시 읽기>는 정성 다한 시집들을 선보일 것이다. 한국 현대시의 미학적 성취와 미래의 단단한 빛을 만드는데 진정한 밀알이 되기 위해 최선을 다할 것이다.

지루한 세상에
불타는 구두를 던져라

1판1쇄인쇄	2018년 10월 27일
1판1쇄발행	2018년 10월 30일
지은이	신현림
펴낸이	신현림
펴낸곳	도서출판 사과꽃
	서울 종로구 옥인길74 (3-31)
이메일	abrosa@hanmail.net
facebook	@7abrosa
instagram	hyunrim_poetphotographer
전화	010-9900-4359
등록번호	101-91-32569
등록일	2012년 8월 27일
편집진행	사과꽃
표지 디자인	정재완
내지 디자인	강지우
인쇄	신도인쇄사

ISBN	979-11-88956-07-4(03810)
CIP	2018032516

값 9,900원